A Edoardo Sanguineti

Biblioteca Oplepiana

N. 31

 http://www.inriga.it

 info@inriga.it

 https://it-it.facebook.com/inrigaedizioni/

 https://twitter.com/inrigaedizioni

 https://www.linkedin.com/company/in-riga-edizioni-e-literary-agency

Introduzione

Edoardo Sanguineti ha usato in modo assolutamente originale il segno d'interpunzione dei *due punti*, che nei suoi testi non prelude necessariamente a esplicazioni o elencazioni. Forse un modo seriamente giocoso di indicare i limiti della comunicazione, che non si definisce e chiude mai veramente; ma anche un invito e un richiamo alla necessità di tenerla aperta. Abbiamo scelto questo tratto inconfondibile della sua scrittura come introduzione al nostro volumetto di omaggi a lui dedicati: per dirgli con affetto che, dopo di lui e nella sua scia, terremo aperto e vivo il discorrere della parola ludica e sperimentale.

Elena Addòmine

Che cos'era Sanguineti
(Parole senza Poeta)

artista d'alfabeto apocalittico
ed altre erotopaegnie eroticomani,
diresse due ballate dondolanti
omaggi a Emilio Vedova o al Giovanni,
ancora a Goethe, a Shakespeare e ai Compagni:

redasse i rebus, renga e anche i rap,
disdisse Berluskaiser e Berluscaos
oppresso d'astronomico orologio
scrivendo stracciafogli e scartabelli:

ancora amava le tre melarance,
negando il testamento pur novissimum
giuocava il giuoco d'oca come un guitto,
ultima passeggiata al wunderkammer:

il gatto un po' lupesco se n'è ito:
"niente stasera", cara, "non ho tempo",
ed Eschilo ed Euripide l'attendono:

tat tat, triperuno, taccüinetto:
inquieto, incomparabile, imperfetto:

Paolo Albani

Gli «ii» di Sanguineti
(variazioni sul tema)

> Un componimento poetico è un indovinello un po' particolare,
> perché ammette più soluzioni.
>
> *Edoardo Sanguineti*

IL POETA

SanguINEti

IL ROMANZIERE

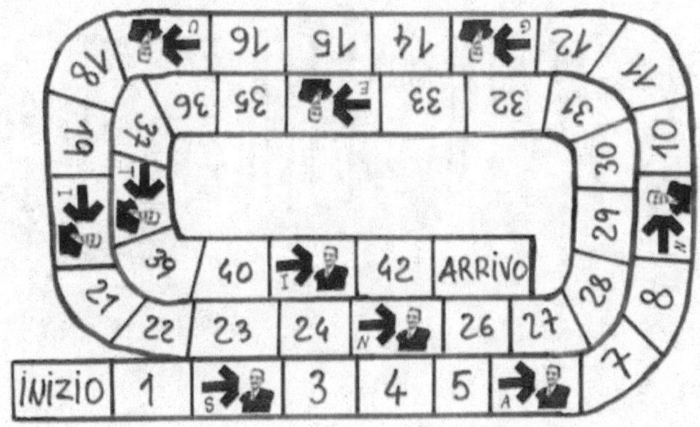

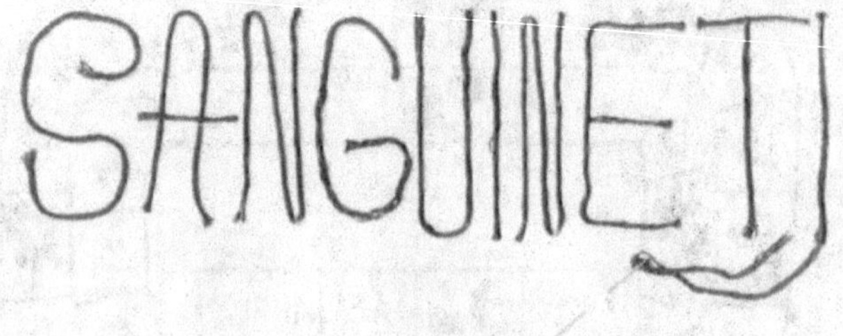

IL PATAFISICO

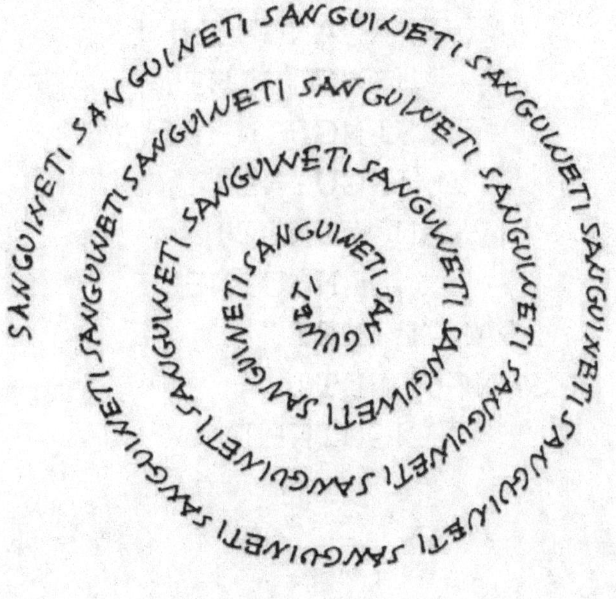

L'OPLEPIANO

SANGUINETI
S**A**NGUINETI
SA**N**GUINETI
SAN**G**UINETI
SANG**U**INETI
SANGU**I**NETI
SA**N**GUINETI
SANGUIN**E**TI
SANGUINE**T**I
SANGU**I**NETI

L'APOCALITTICO

IL LIBRETTISTA O PAROLIERE

SANGUINETI

*ES*anguin ti

IL DRAMMATURGO

- «Sangu…»
- «S'angustia?»
- «No, scusa, intendevo Sangu…»
- «Sanguina?»
- «Ma no, porta pazienza! Sangu…»
- «San guatare gli occhi tuoi?»
- «Lasciami finire, accidenti! Sangu…»
- «San guizzare!»
- «No, Sangu…»
- «Ah, ci sono. San gustarsi il panorama?»
- «No, volevo dire Sanguineti!»

Εδοα′ρδο Σανγυῖνεθι

Etautardeo Sanguineta

Édouard Sanguinetì

Edward Seincuainity

Eduard Zankuinetti

IL POLITICO

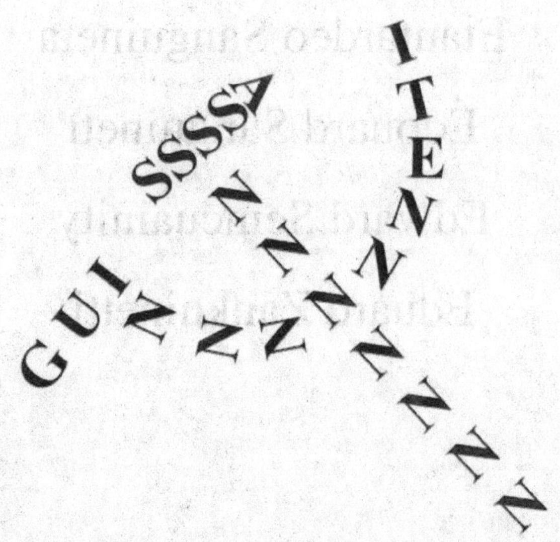

Raffaele Aragona

Beau présent per E.S.

eros-tanatos esterni estinguendoti:
disastroso destin duro disegno
ordì: oggi, ottantenne, ottieni onori
aggiunti adesso ad adoranti addii:
ritorna rüotando rotta, resta
dissertando di Dante, donne, dèi,
odi osannanti ostinate ossessioni:

sanguigno seduttore – sto sognando –
andrai aggirandoti additando ardenti
nitide nudità niente negate:
gran godurioso, già, "gatto" giostrante
underground, una urtante ugna usitata,
inseguisti irruenti itinerari:
nessuno nutrirà nostre nature,
erranti ed esigenti; esäurito
tuo transito terreno troneggiante,
irradi intorno intendere inaudito:

Carlo Battisti

Trittico

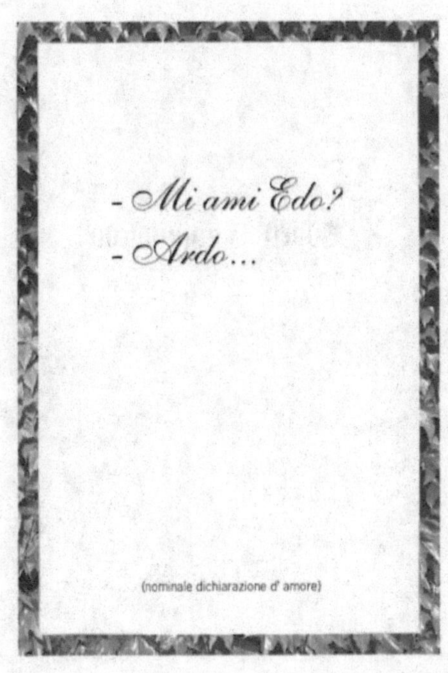

(nominale dichiarazione d'amore)

Edoeti Sanguinardo
(terrifico anagramma
atto a indurre alla mitezza
i nemici della poesia)

Marcel Bénabou

Tombeau présent

Lecture continue Rêverie ingénue Nuit chenue
       Tristesse advenue

Inconnu capiteux Inconnu lumineux Inconnu rigoureux
       Tristesse contenue

 Désert disert   Reflet ouvert Néant couvert
       Allusions claires

      Ce monument
      Dépouillé
      Contre
      Toute griffe
      Sa candeur
      Obstinée
      Le défend

Pensée condensée Encre blême Sens obvie
       Tombeau présent

Alessandra Berardi

Ritratto con rime

Monello marxista e maliardo
fingevi il sorriso vegliardo
avevi esattissimo sguardo
e spirito brado di bardo.

Tu yeti di tutti i poeti
vietato dai vati più vieti
profeta degli antiprofeti
affabile con gli alfabeti.

Giulio Bizzarri

Trilogia per Sanguineti

BIOGRAFIA

POETA

Enigmatico.   Emerito
Dantista.   Devoto
Oplepiano.   Ossimorico
Assemblagiste.   Ardente
Rivoluzionario.   Ribelle a
Domineddio.   Demonico
Orfeo.   Omaggio.

VERSI

Scalpitanti.   Suoni
Acrobatici.   Acrostici
Novissimi.   Nutrimenti
Grandguignoleschi.   Glosse
Ultrasonore.   Umori
Inzolfati.   Ispirazioni
Nubilose.   Neoclassicismi
Espunti.   Enjambement
Travolgenti.   Tratti
Irriverenti.   Impareggiabili.

ALCUNI ATTREZZI
DEL MIGLIOR FABBRO

Enjambement
Disgiunzioni
Ossimori
Allitterazioni
Rime
Dieresi
Omoteleuti

Sinonimie
Anastrofi
Neologismi
Glosse
Understatement
Ironie
Neoavanguardia
Endecasillabi
Tropi
Iterazioni.

ANTOLOGIA

Erotosonetto
Decalogo
Omaggio a Catullo
Alfabeto apocalittico
Rebus
Doppio haiku
Otages

Scartabello
Anima mundi
Non ho tempo
Glosse
Ultima passeggiata
Il y a
Novissimum Testamentum
Erotopaegnia
Triperuno
Il gatto lupesco

Brunella Eruli
Mancanza

L'anno 1970 lo incontrai in una città marinara, dopo Napoli (ma prima di Amalfi). Arrivata all'ampio porto, adatto ai traffici,al diporto, mi colpirono i profumi di limoni fioriti, ma dubbi, complicati da timori giovanili, mi attanagliavano: proprio là, una nota Facoltà organizzava una gara attorno alla lingua nuova latina parlata al di là d'una alta montagna bianca. Mi candidai. Lui fu nominato arbitro di cotanta gara, di portata italiana. Lavoravo attorno all'avanguardia italiana, ma nata in Francia: fatti, moti, azioni, autori tutti a lui noti (allora una rarità). La prova fu lunga; tra vari candidati, apparvi la più adatta al lavoro. Gradita alla Facoltà, fui allora nominata in organico, all'infinito. Lui mi incoraggiò, iniziai il mio lavoro divulgando la lingua nuova latina, parlata al di là d'un'alta montagna bianca (ai confini italiani), fra alunni adulti quanto agli ormoni, ma talora molto infantili o poco acculturati (non tutti, ovvio!).
Amavo la mia attività, ma immaginavo un'altra vita. Iniziavano i viaggi in Francia, Polonia, tra autori rari o poco noti, gruppi rivoluzionari, pittori, attori, burattini di avanguardia.
Anno dopo anno, gara dopo gara, cambiai Facoltà, divulgai la lingua nuova latina, parlata al di là d'un'alta montagna bianca (ai confini italiani) in vari luoghi: da prima l'antica Facoltà cinta dai muri longobardi (ah, i bocconcini di bufala, i giardini di aranci lungo la via marina!), poi la città con il Campo miracolato (uh! gli anni di piombo!). Poi la città dal giglio rubino con la maglia viola (ah, il ritorno alla città nativa!).
Poi di nuovo fui chiamata dalla città dall'ampio porto marinaro. La Facoltà, immaginando il futuro, in omaggio – dicono – a politici locali, abbandonata la città antica, piazzò tra i monti facoltà, uffici, aula magna, aula riunioni, aula da colloqui, piccoli bar, parking (molti), auditorium, laboratori di lingua, laboratori di informatica. Tra i corridoi affollati girava tutta una varia umanità,

nota o ignota, occupata o non occupata, ignara o di profonda cultura: prof, alunni, contabili, fattorini, pulitori, cuochi, tutti andavano giù al golfo poi tornavano ai monti. L'*ammuina* provocava grandi ingorghi (auto, pullman, camion, taxi, tutti bloccati da lavori continui, infiniti, ogni giorno – o giù di lì – citati dal notiziario radiofonico. Ancora oggi alcuni nomi aprono la via ai ricordi!). Tutto ciò diminuiva l'ignoranza? Magari!
Poi Parigi.
Poi, con un nuovo cambio, arrivai tra i contradaioli, fra monti o prati, giocatori di antichi ludi, talora furibondi (ah, i dolci di Nannini! rock quanto la Gianna!). Qui non mancava l'aula da litigi, il banco da intrighi, l'aula da gara, l'aula da riti tradizionali, l'aula da cavalcatori, da cavalcati, il carro da vincitori, il banco da vinti. Ottanta paia di calzari ho dilaniato lungo il mio viaggio, una fiala da ottantamila gocciolati oculari ho colmato, inciampando in pacchi, bauli, valigiami vari, trottando in taxi, auto, tra binari vivi o morti, rapidi o da lumaca, cumulando orari, annunci, ritardi, anticipi, affanni, libri, articoli, giornali, carta, tagliandi di vari voli, di vari vagoni (notturni, diurni!).
Ora, da poco finito il lavoro, guardandomi attorno, faccio un bilancio. Allora mi dico: la mia vita fu marcata, marcata a vita, da una lontana gara, di cui Lui fu l'arbitro, io l'incoronata.

L'anno 2000 a Capri. Con l'Opificio di giocatori dalla lingua acuta, gruppo liquido di zappatori di probabilità, lo cooptammo a guida. Ci inviava una cartolina da luoghi lontani o parlava tra nubi di fumo. Acuta la grafia, dolci i modi. Incontri cari, rari. Ora di più.

Sal Kierkia

Epistolina per E.S.

Ecco risalgo con dovuta calma
ad una tua missiva in sei quartine:
giochi verbali a parte a te la palma
daran le voci che ti son vicine.

Suffragavi ai tuoi dì con tutta l'alma
tragedie letterarie ma al confine
ulteriori ritardi ti fan salma.
Con rebus e parole truffaldine

esprimi Capri, enigmi ed oplepismi
tra Labirinti e qualche tuo Pretesto;
ma ti piace agitar sempre con "ismi"

e ardita voce un alfabeto onesto
fatto d'Apocalisse a mente sgombra
sotto la luce senza fili d'ombra.

Ora in simil contesto
faremo complimenti a chi ci loda
per tal sonetto scritto con la coda.

Valerio Magrelli

Niente funerali di Stato per Sanguineti

Mi sembrava di dover celebrare una morte,
Invece sono qui a piangerne due;
Kyrie eleison per l'Università
E per l'alfiere della sua alterità.
Bello non era. Un Bronzo di Riace,
Ostentava: "Dei due, quello che più vi piace".
Nell'Aula Magna della Sapienza
Guizzava in libertà la sua sapienza,
Innesto dello Studio sull'amata Poesia,
Ossia: metà cultura, metà idiosincrasia.
Ripeto: oggi perdiamo sia lui, sia l'Accademia,
Nel Tele-Mondo che ad un Professore
Ormai antepone un Dio-presentatore.

Marco Maiocchi

Per un'ebbrezza di ri-cordanze

Educatore eccelso, eloquio estremo,
Demone drastico, diga al deteriore,
Occhio obiettore, orecchio osservatore,
Anarchico *assemblage*, arciblasfemo.

Ribelle rigoroso, rap-supremo,
Dileggiante diletto, detrattore,
Onirico Oplepiano osteggiatore;
Smorfie sperimentar sino allo stremo.

Acrobata accanito agglutinante,
Nomade nunzio, al no noto nocchiero,
Giocoso giocolier di gesti e gesta,

Un universitario ubucornante,
Indipendente, impervio imbarcadero,
Notorio di notarici notista,

Eroe epigrammatore elettrizzante,
Tarantola, teobromico troviero,
Impertinenza italica, indigesta.

Mario Persico

Il Sanguineti-pensiero

Jacques Roubaud

In memoriam Edoardo Sanguineti
« sopra il secondo verso di un sonetto rovesciato»
(Ed. S. in *Renga*, 1971)

Quelques jours avant la mort nous évoquions
Par lettre écrite, à l'ancienne, ces moments
Antiques (quarante ans!) dans la fosse aux lions

De l'Hôtel Saint-Simon, quadri-dialoguant-
-Sourds, ce *renga* occidental: lui, moi, pions
Agités plus qu'erratiques insolents

Dans le jeu par Octavio conçu: *sonetto,*
Sonnet, la '*chose italienne où Shakespeare*'
A passé; Gongora, Marino, les pires
Poètes, et meilleurs; Mallarmé, Giacomo

'Caro padre' notre. «*peu profond ruisseau
Calomnié la mort*». La forme où l'écrire
Fut notre lien en toutes ces années. Dire
Cela soit ma poussière sur ce tombeau.

Màrius Serra

Les set rimes de Sanguineti

La sang és roja. Sanguineti va ser roig. La *sanguina* és l'única varietat de taronja que dóna suc vermellós.

En català, Sanguineti permet dos anagrames contradictoris.
L'un, una mica messiànic: Sanguineti—I GUIEN SANT.
L'altre, de caire ateu: Sanguineti—I NEGUI SANT.

Sanguineti va publicar en 1967 *Il Giuoco dell'Oca*, un joc fonamentat en la rima. En llengua catalana només 7 substantius rimen amb Sanguineti. Només els dos que tenen origen italià són comuns. Els altres cinc són tan infreqüents que pocs parlants catalans sabrien definir-los.

Són aquests 7*, i de cadascun d'ells n'he extret un anagrama.

1. Confeti.	CITEN FO
2. Espagueti.	PUGI ATEES
3. Espermaceti.	RÈIEM PECATS
4. Jonqueti.	QUITEN JO
5. Prometi.	I PORTEM
6. Roseti.	ROTES I
7. Seti.	TIES

Recombinant poèticament els anagrames de les 7 rimes de Sanguineti podrem decantar la balança cap a una de les dues bandes:

I guien sant?

Quiten jo,
citen Fo
i portem
ties.

I negui sant?

Pugi.
Atees rotes
i rèiem
pecats.

Aldo Spinelli

Oca veloce

La scatola è chiusa in alto, è aperta ai lati. Ci sono otto persone, invece, nella fila in alto. Ci sono tante altre piccole cose, però, lí sopra, a fare quella piccola cosa. Sembra, persino, che guarda me. Io sono voltato verso la ragazza. Ma c'è l'aria, l'aria soltanto, non c'è altro, niente, al posto della sua testa. Ha il braccio sinistro disteso sopra la gamba sinistra, in parallelo. Poi lei si mette una mano davanti cosí, tutta larga, quella. Sono un *io* e un *io*, veramente, legati insieme cosí, con due teste di neonati che ridono insieme, dentro *o* e *o*. Sono come gli acrobati, lí nelle maglie della rete. E poi, piú in grande ancora, piú sotto, c'è scritto *YOU*, ancora. E siccome già si attenuano un po' tutte le luci, lí nella camera d'albergo, lí nel teatro, ecco che già si vedono soltanto piú, in tutto e per tutto, sopra quella scena dove ci siamo, due grandi paia di forbici. Ho tutti i baffi lunghi da gatto, quattro a destra e quattro a sinistra. Con otto occhi facciamo la copertura. Da sinistra a destra, in fila, c'è un marinaio con un timone, un astronomo con un telescopio, un legislatore con un libro, che è un codice, uno scienziato con un fulmine, che è una forte scarica elettrica, un architetto con una colonna. Dico la mia paura a un grande microfono che cresce su, lí nel pavimento dell'inquadratura. Io e io sono rimasti soli, ma in negativo, cosí in due, bianchi, a sparare sopra il bianco del negativo. Io sono uno sgorbio, inseguito da uno sgorbio. Una freccia è all'altezza dei tre io, e corre a destra. Gli studenti lo aiutano. Mi scrivo un nome, adesso, per questa grande nave dove ci navighiamo tutti insieme, con una mia vernice tutta densa, tutta nera.

Giuseppe Varaldo

Frenosonetto

Veleggiar verso vacue verità,
Ad astrattezze aride attraccare,
Rotte ripetitive realizzare,
Approdando all'amara algidità

(Laddove la lettura lineare
Dirmi doveva "distògliti da
Ogni onanismo, orpello od ovvietà"):
Così credetti consono campare.

Oggi oso, osservandomi ordinario,
Gelido, gretto, grondante grigiore,
Improvvisarmi inedito incendiario:

Tralasciati tabù, tran tran, torpore,
Antico *aplomb* ahimè abitudinario,
Tardivamente troverò tepore.

GLOSSE

Elena Addòmine, *Che cos'era Sanguineti*

La struttura è quella del "poliacrostico" (un acrostico tautogrammatico verso per verso) che riprende il titolo dell'intera plaquette: "A Edoardo Sanguineti".

Paolo Albani, *Gli «ii» di Sanguineti*

IL POETA. In poesia Sanguineti usa l'*assemblage* di segni-oggetti diversi, tecnica presa dall'ambito pittorico.

IL ROMANZIERE. Nella casella in cui Sanguineti arresta la freccia con la mano, il giocatore torna all'inizio.

IL LIBRETTISTA O PAROLIERE. Omaggio a *Il mio amore è come una febbre e mi rovescio* (1988) per la musica di Andrea Liberovici.

IL GRODDECKIANO. Georg Groddeck (1866-1934), medico e psicoanalista tedesco, amico di Freud, indagò le forze sconosciute che agiscono nell'inconscio da lui chiamato «Es». «Con gli anni sono diventato sempre più groddeckiano» ha dichiarato Sanguineti.

IL TRADUTTORE. La traduzione dal greco antico e dal latino del nome e cognome Edoardo Sanguineti, e le rispettive note che seguono, sono di Luca Bombardieri.

Sulla traduzione greca:

Sangui (sost. masc. plur) (= Αἶματες) + Neti (sost. masc. plur) (= Ναυ′αιθοι)
Sanguineti = Αἶμαναυαιθοι

Il nome Neto, con cui si indica oggi ancora un importante fiume dell'area di Sibari, significa «navi incendiate» (Nauaithos), deriva da un episodio legato all'epica dei cosiddetti nostoi ("ritorni" degli eroi achei dalla guerra di Troia) e è narrato in Lic. 921. Alcuni Achei di ritorno dalla spedizione Iliaca, approdarono nei pressi del delta del fiume, cominciarono a vagare in una lunga esplorazione dell'entroterra lasciando incustodite le proprie navi che furono prontamente date alle fiamme dalle prigioniere troiane rimaste sulle navi.

Lo stesso toponimo si trova largamente diffuso in Toscana, nell'area di Settimello, Calenzano e Sesto Fiorentino (Parco del Neto, IperCoop il Neto, Bar Neto, Banca CR Filiale del Neto, Stazione Ferroviaria di Neto) e viene adottato come nome di famiglia per indicare, si suppone, indigeni di simile provenienza (Avv. Neto Bernardo, via Venti Settembre, 46. 50129 Firenze).

Ed (congiunzione) (= καὶ, τε) + o (congiunzione) (= ἤ) + ardo (I p. sing. del v. "ardere") (= αἴθω).
Edoardo = τἤαιθω.
Traslitterazione: Εδοα′ρδο Σανγυἶνεθι

Sulla traduzione latina:

Ed (congiunzione) (= Et) + o (congiunzione) (= aut, sive, vel) + ardo (I p. sing. del v. "ardere") (= ardeo, caleo)

Edoardo = «Etautardeo»

Sangui (sost. masc. plur) (=sanguines, -es, cruor, cruores) + Neti (sost. masc. plur) (= Netum, -i)

Sanguineti = «Sanguineta» (o «Cruoreta»)

Tutto ciò svela facilmente, e finalmente rivela, un ardore (o meglio un vero e proprio fuoco, un incendio) celato nel nome di Edoardo Sanguineti.

(L. B.)

Raffaele Aragona, *Beau présent per E.S.*

Alla struttura del "poliacrostico" è unita quella del *"beau présent"* che impone l'uso delle sole lettere costituenti il nome della persona cui il testo è dedicato. Nel caso le lettere utilizzate sono 11 e cioè: ADEGINORSTU.
Di séguito si riporta una "traduzione" in chiaro del testo:

Morendo, manifesti amore e morte: un dannato destino, ahimè, tramò un atroce disegno: oggi, ottantenne, ricevi onori che ora si aggiungono a devotissimi addii; ma tu, invertendo la rotta, ritorna, resta ancora con noi a dissertare di Dante, di donne, di dèi e di odi esaltanti tenaci ossessioni: sognando, immagino che tu, focoso seduttore, andrai aggirandoti additando virginee nudità per nulla negate: tu, gran godurioso, tu, "gatto lupesco" anticonformista, solitamente graffiante, sempre inseguisti impetuosi percorsi; nessuno più ormai nutrirà i nostri esigenti animi erranti: anche se tu, esaurito il tuo troneggiante viaggio terreno, continui a diffondere straordinaria conoscenza.

Marcel Bénabou, *Tombeau présent*

La struttura è quella della *morale élémentaire* che Raymond Queneau, suo "inventore", così definì: «All'inizio, tre volte tre più un gruppo di sostantivi più aggettivo (o participio) con ripetizioni, rime, allitterazioni, echi *ad libitum*; dopo, una sorta di intermezzo di sette versi da una a cinque sillabe; infine, una conclusione di tre più un gruppo di sostantivi più aggettivo che riprende più o meno alcune delle ventiquattro parole utilizzate nella prima parte».

Giulio Bizzarri, *Trilogia per Sanguineti*

BIOGRAFIA. Un omaggio in doppio acrostico all'autore dell'*Omaggio a Catullo* e dell'acrostico per Emanuele Luzzati: la prima stanza per l'uomo, la seconda per l'opera in versi.
ALCUNI ATTREZZI. L'acrostico apre (e mette in disordine) la cassetta degli attrezzi trovata dai lettori e dai critici nella bottega del *miglior fabbro* della poesia italiana del secondo Novecento.
ANTOLOGIA. Un acrostico per l'indice di una nuova futura antologia dell'opera di E.S.

Brunella Eruli, *Mancanza*

Il ricordo-mancanza è lipogrammatico nelle lettere iniziali del Poeta (E.S.).

Sal Kierkia, *Epistolina per E.S.*

Titolo e versi sono a imitazione della *Epistolina per A.B.* scritta da Sanguineti il 7 maggio 2010 ("Alfabeta 2", n° 1, luglio-agosto 2010).

La forma è quella del sonetto, molto cara a Sanguineti, con l'aggiunta di un settenario e un distico di endecasillabi (come nella metrica della "sonettessa"), per eguagliare esattamente le diciassette lettere del suo nome e cognome.

La *contrainte* è quella adottata da E.A.Poe in due sue poesie laudatorie, una intitolata *A valentine* (biglietto amoroso) e l'altra *An enigma* (un enigma): la prima, in venti versi, svela in acrostico il nome "Francis Sargent Osgood" e la seconda, in un sonetto, quello di "Sarah Anna Lewis".

L'acrostico si sviluppa in diagonale e cioè contando la prima lettera del primo verso, la seconda del secondo, la terza del terzo e così via, fino alla fine, a prescindere dagli spazi e dai segni d'interpunzione, così come evidenziato nell'esposizione grafica che segue.

Un tale artificio, oplepiano per anticipazione, se si vuole, vien detto dagli enigmisti "acrostico progressivo". L' "epistolina", infine, rispetta la regola aggiuntiva per cui in ciascun verso compare una sola volta la lettera che determina la lettura trasversale.

```
      Ecco risalgo con dovuta calma
      ad una tua missiva in sei quartine:
      giochi verbali a parte a te la palma
      daran le voci che ti son vicine.
      Suffragavi ai tuoi di con tutta l'alma
      tragedie letterarie ma al confine
      ulteriori ritardi ti fan salma.
      Con rebus e parole truffaldine
      esprimi Capri, enigmi ed oplepismi
      tra Labirinti e qualche tuo Pretesto;
      ma ti piace agitar sempre con "ismi"
      e ardita voce un alfabeto onesto
        fatto d'Apocalisse a mente sgombra
      sotto la luce senza fili d'ombra.
      Ora in simil contesto
        faremo complimenti a chi ci loda
      per tal sonetto scritto con la coda.
```

Valerio Magrelli, *Niente funerali di Stato per Sanguineti*

I versi, dedicati ad Andrea Cortellessa, presentano in acrostico il nome del "presentatore" di cui ad un omesso sottotitolo: *Le ceneri di Mike*.

Marco Maiocchi, *Per un'ebbrezza di* ri-*cordanze*

La restrizione, evidente, è la stessa che Edoardo Sanguineti ha adottato in *Per un'ebbrezza di concordanze, quasi*, dedicato ad Alfredo Giuliani e riportato in *Chi l'avrebbe detto* (Feltrinelli, 1994), stampato proprio come regalo al poeta in occasione di un suo compleanno.

Mario Persico, *Il Sanguineti-pensiero*

È un disegno del 2003 rimasto ad oggi inedito.

Jacques Roubaud, *In memoriam Edoardo Sanguineti*

- J'ai rencontré Edoardo Sanguineti en 1969, à Paris, dans les sous-sols de l'Hôtel Saint-Simon, où, pendant plusieurs jours, à la demande d'Octavio Paz, en compagnie de Charles Tomlinson, nous avons participé à la composition d'un poème inspiré par une forme japonaise collective ancienne: le *renga*. Ce poème, en quatre langues, était fait de sonnets.
- La forme-sonnet a été constamment, ensuite, notre lien. Edoardo avait, en 1957, avec Giovanni Getto, publié un anthologie de sonnets; et c'est dans cette forme que j'avais écrit les poèmes de mon premier livre, en 1967.
- Le premier vers du 'sonnet sur le sonnet', de Verlaine, est cité au vers 8.
- L'inventeur supposé de la forme-sonnet est évoqué aux vers 10-11.
- Le Tombeau de Verlaine, de Mallarmé est cité aux vers 11-12.

(J.R.)

Màrius Serra, *Les set rimes de Sanguineti*

Rime e anagrammi di 'Sanguineti.

Definicions dels set únics substantius del diccionari català que rimen amb Sanguineti:

1. Confeti: Petits retalls de paper que es tiren a grapats en les mascarades de carnaval, les processons, etc.
2. Espagueti: Pasta alimentosa de farina de forma cilíndrica molt llarga i prima.
3. Espermaceti: *Esperma de balena*. Matèria extreta de l'oli contingut a les cavitats del cap del catxalot, constituïda principalment per palmitat de cetil i quantitats apreciables d'alcohol cetílic, que serveix per a fabricar espelmes, cosmètics, etc.4. Jonqueti: Xanguet. Fase molt jove, encara no pigmentada, de diferents peixos gregaris com la sardina, el seitó i el joell.
5. Prometi: Metall artificial de la família dels lantànids, producte de la fissió de l'urani (símbol, Pm; nombre atòmic, 61; pes atòmic de l'isòtop més ben conegut, 145).
6. Roseti: Xanguet. Peix de la família dels gòbids, de cos comprimit, de sols 4 o 5 centímetres de llargada, translúcid, escassament pigmentat, de color rosat blanquinós, que forma grans moles a l'època de la reproducció, molt apreciat gastronòmicament (*Aphia minuta*).
7. Seti: Lloc on seu, on està, que ocupa, algú o alguna cosa.

(M.S.)

Aldo Spinelli, *Oca veloce*

Il Giuoco dell'Oca (Feltrinelli, 1967) suggerisce (impone) ai lettori l'uso di due dadi per una lettura progressiva e a salti dei capitoli, in accordo con le regole del noto passatempo pur modificandone il numero e i valori delle caselle.

Questo Giuoco è composto di 111 numeri, e può anche servire a giocare fino a 79. Ciò deve convenirsi prima di cominciare la lettura. Per giocare ci si serve di due dadi numerati dall'uno al 6, e si tira chi debba giocare per primo, e si conviene la posta al giuoco.

Il procedimento proposto da Sanguineti può essere utilizzato anche per una lettura veloce del romanzo: dopo il lancio dei dadi che determinano l'avanzamento nei capitoli, un altro lancio permette di scegliere l'unica frase da leggere nello stesso capitolo ove per 'frase' deve intendersi un enunciato racchiuso tra due punti fermi. Il testo riportato è un esempio di "lettura veloce"; esso deriva da successivi lanci di dadi dei quali sono riprodotti i risultati insieme con le relative indicazioni.

primo lancio	capitolo	secondo lancio	frase
	4		12
	11		9
	20		8
	23		7
	30		6
	40		2
	46		5
	54		7
	60		6
	69		7
	74		6
	81		8
	86		4
	95		11
	98		9
	105		5
	113 -> 109		8
	120 -> 102		4
	109		4
	114 -> 108		10
	111		7

Giuseppe Varaldo, *Frenosonetto*

Il riferimento, già dal titolo, è all' *Erotosonetto* di Edoardo Sanguineti, pubblicato nel 1979 e qui di séguito riportato:

> Se sa sedurti soltanto un sonetto,
> Archetipo d'amaro amore assente,
> Nasconderò nei tuoi nomi il mio niente,
> Golfo mio, mia girandola, mio ghetto:
>
> Umiliato unicorno, unico e urgente,
> Inciderò in te impronte, intimo insetto,
> Nodo dei nodi, nudo nervosetto.
> Enfasi estrema, epigramma emergente:
>
> Tenera in tutto, torre di tormenti,
> Infarcito mio infarto, idolo, inferno,
> Apriti a me, tu, aurora di aghi ardenti:
>
> Muta medusa, muscolo materno,
> Ascoltami, arida aspide, e acconsenti:
> Tremo con te, tremendo, tardo terno.

Si tratta di un sonetto acrostico (la frase risultante è "SANGUINETI AMAT") e, nei singoli versi, sostanzialmente tautogrammatico. Nel *Frenosonetto* le considerazioni razionali – o, se si vuole, le «astrattezze aride» – sostituiscono l'ardore erotico, per cui la frase risultante è, opportunamente e ironicamente, "VARALDO COGITAT".

È ovvio rilevare che il sonetto, scritto sulla falsariga dell'altro, è in un certo senso "fasullo", almeno quanto a ispirazione. Anzi, per rimarcare pure formalmente la distanza che esiste fra i due testi e, al tempo stesso, per sottolineare la personalizzazione già implicita nella diversa lettura acrostica, il *Frenosonetto* differisce dall'*Erotosonetto* per due ulteriori aspetti: in primo luogo lo schema rimico è volutamente non ABBA BAAB CDC DCD, bensì ABBA ABBA CDC DCD, ossia quello pressoché sempre utilizzato dall'Autore; poiché, inoltre, la finalità ludolinguistica prevale nettamente sull'afflato lirico, ogni verso è un tautogramma perfetto, senza "scarti".

9 788889 364150